그대가
앓던 그리움

내가 앓고 있습니다

이 도서의 국립중앙도서관 출판시도서목록(CIP)은 e-CIP홈페이지(http://www.nl.go.kr/ecip)와 국가
자료공동목록시스템(http://www.nl.go.kr/kolisnet)에서 이용하실 수 있습니다.
(CIP제어번호: CIP2013004610)

사랑 수행자 만우스님의 마음 시

그대가
앓던 그리움

내가 앓고 있습니다

만우 지음

마음의숲

차례

1장
그대가 앓던 그리움 내가 앓고 있습니다

2장
오직 그대에게만 닿습니다

3장
그대 없이 더디게 꽃은 핍니다

4장

습관처럼 그대를 사랑합니다

그대가 앓던 그리움
나도 앓고 있습니다

그대가 앓던 그리움 나도 앓고 있습니다

—

그대가 앓고 있는 병을
내가 앓고 있습니다

그 병 때문에
눈 오시는 밤이 벅찹니다

가슴이 메어
천 길 낭떠러지를 날아갑니다

사랑도 서러운 날입니다

11

사랑니

—

내 사랑은 벌레가 먹고
고름이 고였다

마흔여섯
먹고 살아온 흔적은 입 안 깊숙이
검고 성가신 기억들이다

스무 살 무렵부터 앓아 왔던
사랑이
이제는 저를 보내 달라고

관심도 손길도 닿지 않아
견딜 수 없이 내가 싫어
그 자리에서 뽑히겠다고
두 번 다시 너를 만나지 못하리라

섬

—

멀리서 기적이 왔습니다

항구에 닿을 무렵 안개에 싸였습니다

바람에 떠도는 이야기라고

아무도 믿지 않았지만

기적은 생각보다 먼저 왔습니다

나중에 노래해야 할 슬픈 사랑도

미리 찾아와 파도쳤습니다

무지개

—

당신을 만나기 위해 나서는 길

네가 있는 쪽으로 비가 긋고 있었습니다

해가 지고 어두워지는 모습도 보여 주었습니다

거기에서 당신은 얼마나 환하게 서 있는가요

나를 어쩌라고 당신만 환하여

등대에서 길을 잃은 배처럼

어떤 의혹에 걸려

돌아오는 길까지 잊고 가는 것인가요

처서 處暑

—

산도 갈색이다
나무에 갈빛 돈다
가을빛이다
동냥이라도 가야겠다

너만 울었겠느냐
꽃도 울고 풀벌레도 운다
낮에도 울고 밤에도 운다
너도 울고 나도 운다

절망 絶望

—

꽃이 피어도 내 마음이
그대와 다르구나

내가 지지 못해
열매를 못 맺는구나

병드는구나

나의 거래는 그리움입니다

—

기도는 끝났습니다 그대를 그리워하는 마음도 잊은 채 한철을 지냈으니 덧없습니다 밑천이 다 드러난 셈이지요

거래를 하는 곳에는 가지 않겠습니다 온밤 비가 내리면 드리지 못한 말도 언짢아 얼굴 붉히시겠지만 말로 할 일이 없습니다

귀뚜라미도 울음을 그쳤습니다 갠 하늘이 파랗게 질리도록 그대와 나의 거래는 그리움뿐입니다 그것마저도 버리시라니요

맹인 가수

—

강을 건넌 지하철이 굴속으로 들어갔습니다
강남 어느 역을 지나서이던가
맹인 가수가 찬송가를 불렀습니다
지팡이를 들어 바다를 가르듯
양편으로 사람들이 갈라졌습니다
바구니에 놓여 있는 동전 몇 개가
검은 안경 위에서 반짝였습니다
문득 바퀴 소리가 아득해졌습니다
계시를 받듯 지팡이가 박자를 맞추고
노래의 길이 환하게 뚫렸습니다

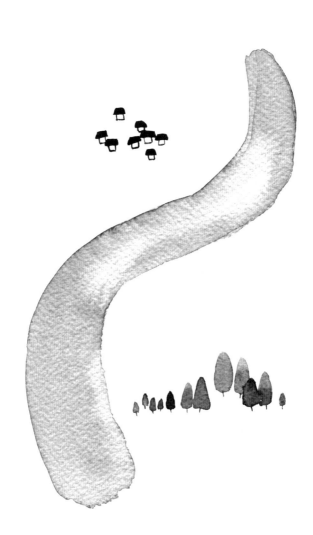

미안

—

산사에 외등도 다 꺼졌습니다 매화 향기가 문을 두드리더니 물소리가 들립니다 바람 소리에 풍경이 따라 울다가 산이 조금씩 달싹거립니다 아침엔 이파리도 몽우리를 터뜨리겠지요 비마저 온다 했으니 책을 읽기도 잠을 자기도 미안한 밤입니다

벼랑찻집

—

바람이 난 할아버지와 할머니는

끝내 절벽에 오르고야 말았습니다

부는 바람은 아름답고 초조했으나

결국 들킨 할머니는 도시로 돌아갔고

할아버지만 몇 년을 더 기다렸습니다

꽃이 피면 절벽이 우거졌고

산빛이 타면 강물이 차가웠습니다

사랑은 하루에도 세 번은 벼랑을 탔습니다

타는 가슴을 찻물로 쓸어내리며

이승에서 못다 한 것이라고

사랑조차 생각하지 말자고

구름이 일어 가까운 하늘에서 비가 내렸습니다

할머니가 오는 길이 미끄러웠습니다

눈이 내리고 물이 얼었습니다

나그네가 가끔씩 바랑을 열어

동강 굽이굽이

아득한 사랑을 담아 갔습니다

어쩔 수 없어요

—

아프기라도 하면 그냥

앓는 수밖에 없어요

눈이 내리거나

바람이 불어와

산등을 넘어간대도

부엌으로 가 아궁이에

장작 몇 개 집어넣는 일 말고

어쩔 도리가 없어요

소식도 안부도 물을 수 없어요

전화하지 마세요

받지 않는다고 걱정하거나 화내면

내 죄만 죄송스러우니

산이 깊은 탓만 할 수는

없잖아요

얼어붙은 계곡 때문이라고
핑계 댈 수만은 없잖아요
내생來生으로 미룬다고
될 일도 아니잖아요

빨래

—

오늘은 빨랫줄에
시냇물을 널어놓았다

얼음도 몇 장 헹구어
옷 끝에는 금방 고드름이 열렸다

하늘과 햇빛과 바람이 간섭하더니
겨울이 수정같이 빛났다

이 옷을 새로 입고 그대에게 가려면
몇 날이 걸릴지
몇 밤 동안 별빛을 쐬어야 할지

얼었다 풀리며

내 몸마저 말라야 할지

봄이면 기다리면 되겠지만
빨랫줄에 널린
이 반짝이는 남루를
언제 걷을 수 있으려나

산골에는 또 먹구름이 밀려와
밤사이 빨랫줄엔
눈사람도 몇은 걸리겠다

달에서 사는 사람이 그립습니다

—

굴삭기며 중장비들이
달동네 마을을 휘저을 때도
뒷동산 가시나무 꼭대기에서
까치 내외는 부지런히 둥지를 틀었습니다

더 이상 밀려날 곳이 없는
사람들은 꼭 온다던 봄소식을
자욱한 먼지 속에 남겨 놓고
더 먼 어디론가 떠났습니다
달에서 사는 까치와
달처럼 환한 미소를 가진
사람들이 그립습니다
아니었다면 그대를 생각이나 했을는지

종이비행기

—

그대는 억겁 세월 어디선가 또 만 리는 떨어진 곳에서 문득 나와 접혀 이곳에 떨어졌나요 그 짧은 비행을 위해 아득한 시간과 거리를 접어 그대와 나 잡은 손 놓지 않고 왔겠지요 잘 날아왔습니다 고맙습니다 이슬 내리고 바람 불고 개구리 우는 밤을 지나 그대와 내가 펼쳐진 세상에서 서로 다르게 늙어 갑니다 다시 만나려면 사랑의 일로도 어림없겠지만 그대가 있어 종이 위에 시 한 줄 적어 놓습니다

명작

—

드디어 이 겨울에게 신고식을 하려나 봅니다 기침이
자꾸 나오는 걸 보면 함께 지내자는 신호겠지요 서로 아
파서 서로 감싸자는 인사겠지요 그걸 증명하려고 눈이
내리고 사나흘 춥다가는 또 사나흘 눈이 녹습니다 그래
서 한 시절이 앓고 있으니 명작입니다 이럴 때 백팔 배
하지 않으면 어느 시절을 다시 잡겠습니까

낙원반점

—

막일을 하듯 여름이 지나면서
나는 자장면을 먹고 첫사랑과 헤어졌습니다
가고 오는 것도 일이라고
반쯤 남긴 면발이
질기고 길게 달라붙었습니다

간밤에 혼자 마시던 술이
바닥을 드러내는 것처럼
누군가가 해 준 밥이 그리웠습니다
거기에 입맛이 돌아서
전화를 했을 뿐인데

낙원반점은 없습니다
없는 자리를 등에 업고

땀만 흘리면서 가을이 왔습니다

면목 없구나 처음이여 그 마지막이여

내 사랑이 까맣게 빛났습니다

백일홍이 질 때까지 앓았습니다

—

아득한 사랑에게서 바람이 불어왔고
과거는 끝나지 않았습니다
피는 꽃처럼 불쑥 찾아왔습니다
쓸쓸한 세월 속에서 왔지만
마음에 있는 일이라서
향기로운 슬픔도 모양만 있을 뿐
소식 전하지 못했습니다
지나간 일은 일도 아니었습니다
아니었지만
그 길에서 오래도록 앓았습니다

2장

오직 그대에게만
닿습니다

나는 당신에게 맞추어져 있습니다

—

나는 이제 그대에게 맞춰졌습니다 늙는 일이 수월합
니다 저절로 갑니다 마흔 넘어가는 시간은 영롱하여 꿈
속에서도 눈을 뜹니다 소리도 무르익어 적막합니다 사
랑도 굳이 용기가 필요 없습니다 먼저 가서 기다리거나
뒤에 남아 애태우거나 보채며 걱정하지 않으니 이 영원
한 현재를 두고 어찌 시간이 없다는 말하겠습니까

인연

장영철, 정경순

—

언뜻 불어온 바람 끝자락에도

하늘은 구름빛입니다

눈을 기다리는 일도 안타까움이어서

마음은 살얼음처럼 조마조마합니다

손님을 맞듯 비질을 하고

나뭇잎을 쓸면서도

그대에게 닿는 그리움

말로 담을 수 없어

바쁜 일이 심심해집니다

그 자리 위로 눈이 내립니다

그대의 사랑 또한 오시었으니

바람이 매섭다고 뒤로 미룰 일이 아닙니다

서둘러 물길도 산 아래까지 얼어

그대에게 보내는 안부는

속으로 스미어 흐릅니다

지는 나뭇잎 하나에도

함께 슬퍼서 서로 먼저 즐거웠으니

눈 위에 발자국 지워지고 또 지워져도

궁금했던 소식은 다

그대에게로 갔습니다

오직 그대에게만 닿습니다

—

예쁘고 사랑스럽던 꽃이
지고 나서
그대를 얻었습니다

그대 마음에 진 꽃 때문에
산은 푸르고 강은 깊습니다
흐르고 또 흘러가도
오직 그대에게만 닿습니다

그래서 맺었습니다

춘향 春香

—

몽룡이 몽롱해졌고
춘향이 그 순간에 취했습니다
땅에서 떨어진 그네가 박차 올라
하늘 한 자락을 덮었습니다
땅으로 하늘로 오르내리며
뜬구름 잡는 일생의 몽롱이었고
소리꾼들은 때를 맞춰
한 시절을 꿈꾸었습니다
북이 울리고 마당이 열리면
넋은 날아가고 얼은 흩어졌습니다
다시 모여 영롱해졌습니다
춘향이 사랑의 죄를 덮어쓰고
곤장을 맞고 몽룡을 만났을 때도
삶과 죽음이 몽롱하기만 하여

사랑은 고드름 끝에 맺힌 물방울

막 햇빛이 들던

땅을 향해 창끝을 겨눈 영롱이었습니다

그걸 보려고 오일장마다

사람들이 모였다 흩어졌습니다

필름FILM

—

들어와
여기에서 잠을 자고
여기에서
안부를 묻는다

오직 그대에게 미치지 못하여
같은 길을 가면서도
어제 어두운 것이 희미하고
오늘 밝은 것이 희미하다

가을비

—

오는 비 왔다가
가는 비 내렸다네

다 젖은 후였네
오다 머물다 그대에게
물만 들어간다네

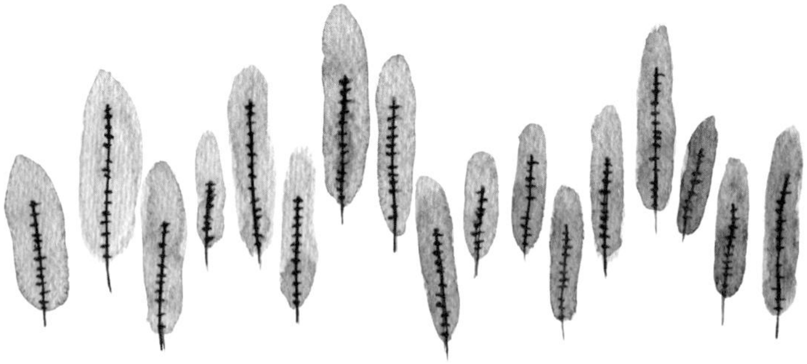

칠석 七夕

선희와 윤료

—

그대가 거기 계시니

발길이 닿았을 뿐입니다

마음까지 닿았으니

몸에 밴 가락처럼

어쩔 수 없습니다

등줄기를 타는 땀이

서늘합니다

그 딱한 가락이 벅차서

가도 가도

끝없는 그대여

한로 寒露

—

그대에게 길이 들어
하염없이 늙는 일만 남았는데
길어 가는 밤 동안에도
그리움만 모질게 사무쳐서
풀 끝에 맺혔다가 떨어진들
그대가 가시는 길이라면
천년의 죄인들 두려우리까

무늬

—

아직 눈이 남아 있어
그늘이 더 밝았다

차가운 빛이
기슭에서 맴돌았다

싹이 돋는 이치라면
조금은 늦어질 팔자였다

그쪽으로만
눈길이 머물렀다

경원사의 달빛을 태웠습니다

—

도랑을 쓸려다니던 나뭇잎이며 쓰레기 나부랭이를 모
아 태우고 있는데 공양주 보살이 나오더니 저 정신 나간
땡중이 달빛 다 그슬리고 있다고 술도 한잔 못 얻어먹을
놈이라고 빗자루를 들었다 놓았다 했습니다 시절 인연
이란 노릇하기 나름입니다 달이 밝으면 잔에 달빛을 띄
우고 단풍이 들면 물들어야 합니다 마당을 쓸거나 번뇌
를 불사르는 일도 날을 잘 잡아야 합니다

눈길

—

어제는 사랑을 잃고

오늘은 청춘을 잃었다네

몹시 춥고 눈 오는 날이었네

길을 가는 일도 미끄러웠네

눈길 닿지 않는 곳 없었지만

피하려고 가는 그대를 따라가는 길은

더디고 휘청거렸네

돌아와 홀로 눈물의 밤은 장엄했네

꿈을 잃은 것까지

용서받고 싶은 밤이었네

빚쟁이

—

성륜사는 내게 빚이 많다 전생부터 많이 있다
겨우내 눈꽃을 피워 많이 갚더니
봄이 되어도 다 갚을 줄 모른다
꽃샘추위 속에서도 굳이 꽃을 피우고 새싹을 내민다

어제는 동백이 피더니 오늘은 매화가 차례를 지켰다
눈 녹은 자리마다 햇살이 가득 찼다
빚 독촉을 할 생각은 없지만 그렇다고
내가 먼저 눈감아 줄 수는 없다

새벽에 다퉜던 사람과도 아침밥을 먹으면서 화해했다
뜬눈으로 꿈속을 걷는 것 같다
왜 자꾸 갚는지 아니면 빌려 주는 것인지 가물거린다
만약 이 행복이 빌려 쓰고 있는 것이라면
아무리 잔머리를 굴려도 갚을 길이 막막하다

졸음

—

잠깐 조는 사이에 행복한 꿈을 꾼다 꿈속에서 한참을 놀았는데도 깨면 몇 분 정도다 풍산이도 보고 죽은 친구도 보고 아득한 첫사랑도 만난다 어머니를 만나고 누나들과 민화투도 친다 게으르다고 말할지도 모르겠지만 그 졸음에게 바쁘고 고맙다 눈을 떠 보니 무릉도원이라는 말도 가능하겠지만 졸음에서 깨어난 오후 한때 나는 행복하다

공사장 일을 끝내고

—

서쪽 바닷가에 있는

공사장 일이 마무리되었을 때는

불을 쬐며 첫눈을 기다리고 있었습니다

같이 일했던 마을 할아버지는

작별의 눈물로 저 불을 꺼야겠다고

밤새 마실 기세였습니다

모닥불 위에서

막걸리가 한 순배 더 돌았습니다

바닷바람이 잔잔해졌습니다

오면 가고

만나면 헤어지는 일이

공사보다도 서로 벅찼습니다

나무가 뒤틀리며 불똥이 튀고

타닥타닥 별이 솟다가 취해

노인의 눈망울 위에서 가물거렸습니다

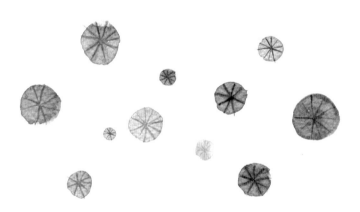

눈꽃

—

그대가 걸어간 자리에
눈은 녹았습니다
여기까지 와서 나는
길을 잃었습니다
이 자리에 누워 한 시절 보내렵니다
그대 돌아오신다면
꽃피었다고 웃으면서
기필코 나를 밟고 지나가시겠죠
눈사람처럼 기다리다
녹는 일 말고
이 겨울 무슨 일 있을라구요

삼매

—

  기도를 마치고 성륜사 공양간에서 젊은 엄마가 아기를 등에 업은 채 밥을 먹이고 있었습니다 엄마가 고개를 돌릴 때마다 아기는 더 잘 보이려고 애를 썼습니다 혹여나 아기 눈을 찌르거나 숟가락이 뒤집혀 밥을 등에 쏟으면 어쩌나 사람들이 숟가락에 집중했습니다 창밖의 대竹 그림자가 절을 하고 피던 매화가 멈칫했습니다 신발을 잃어버린 백발 노보살님도 웃고 갔습니다

헌화가 獻花歌

—

　옷깃만 스쳐도 악연惡緣이었다는 말은 지금 취소하겠습니다 아직까지 만나지 못한 사람이 음악 속에서 걸어 나왔다가 다시 들어갑니다 종로3가는 여전히 번잡합니다 지하철 5호선에서 내려 1호선이나 3호선으로 갈아탈 욕심도 냈지만 내처 반대편으로 갔습니다 길눈이 어두워 낙원 상가를 에돌아간 것밖에는 어려울 일이 없습니다 시인 학교에서 막걸리 몇 잔쯤은 수작을 걸며 마시기도 했습니다 세상 살아가는 바람이라면 그대의 바람도 만만치는 않을 터인데 추위가 꼭 바람 탓만 있겠습니까 입춘立春이 지나 꽃도 꽃이겠지만 그대가 나를 부끄럽게 여기지 않으신다면

부목

—

속된 말로 모가지가

몇 번이나 잘렸지만 다시 붙었다

죽을 팔자를 살았다 쳐도

사나이 나이 오십이면

뿌린 씨앗을 거두기도 하련만

눈보라 쳐도 굳이 하늘을 날겠다는 새처럼

올겨울만큼은 떠날 마음이 단단했다

주지 스님은 제정신이 아닌 사람이라고

아예 못을 박아 놓았지만

쓰레기장에서 나온

막걸리를 마시며 태운 게 꼭

도량에서 나온 쓰레기만은

아님을 알 리 없으리라

사람이 죽었다가 살아나면 몇 살이 되는지

대답할 길이 없으리라

3장

그대 없이 더디게
꽃은 핍니다

목련

—

말미를 달라고 하지 않았네
술과 사랑이 떠난 가수는
목청을 가다듬어 마지막 노래를 불렀네
술 때문에 영롱하더니
사랑을 잃고 몽롱했네
바람이었네
코끝을 스치는 분내에 취하다가
늙은 창녀의 수다처럼
꽃이 졌네

낙타

—

황사가 불어오자
한동안 세상이 사막으로 변했다
아득한 꿈이 이루어진 것인가
등에 부린 기억이 무거워
목이 타고 다리가 저렸다

순간의 꿈이 이토록
삶을 난처하게 할 줄이야
그 허망한 꼴을 보려고
물과 풀이 넘치는
여기까지 왔는가

낙타가 걸음을 멈춘 동물원 풀밭
저녁놀이 모래언덕을 넘는다

봉숭아

—

벌써 끝난 이야기를 지금 하고 있다면 그대는 뒤돌아 눕겠지요 이미 물들었으니 세월은 가겠지요 걱정하지 마세요 가다 보면 첫눈 내리겠지요 보름 지나 반달도 두 어 번 떴다 지겠지요

누룽지

—

차를 아는 사람들은 불이 세서 태웠거나 잘못 덖었다고 낙제점을 주겠지만, 그 맛을 보고 장하다고 할 이는 어머니밖에 없을 것 같습니다 어린 시절 가마솥에서 긁어 꼭꼭 뭉쳐 주시던 누룽지 주먹밥 그 차를 마시면 주머니에 넣고 몰래몰래 떼어 먹던 어머니의 손맛이 납니다

다른 이에게 선물하면 성의 없다고 안 주느니만도 못한 욕먹는 일이라서 내가 모아 놓고 아껴 마십니다 차를 덖는 초보 입장으로선 어쩔 수 없는 일이지만 더러 태우고 가루가 된 찌끄러기는 내 몫이 되었습니다 어린순들에게 아깝고 미안하여 버릴 수도 없으니 나라도 마셔 본다는 게 어느덧 누구에게도 줄 수 없는 행복이 되었습니다 내 차지가 아주 많습니다

약속

—

새벽에 내리던 겨울비는 한밤이 되어 그쳤습니다 다시 오겠다는 말은 하지 않았으니 언제 또 올지는 모르겠습니다 부엉이 우는 밤에 오늘의 내가 굳이 내려가겠답니다 약속만큼 부질없는 일이 없어 다시 만나자는 하소연은 꿈에서도 못하겠지요 다만 아무리 비가 내린들 겨울도 한겨울입니다 미끄러져 다치기라도 하면 산이 먼저 놀라니 발걸음마다 조심하시길

암자의 겨울

—

  오늘 아침 밥상에는 공양주 보살이 겨울을 한 토막 썰
어 왔습니다 얼음 아삭거리는 배추김치 한 포기 안 먹으
면 아가리를 벌려서라도 쑤셔 넣는 성품이라 먼저 젓가
락이 갔습니다 요즘은 아침부터 저녁까지 온통 겨울입
니다 봄부터 가을까지 해에게 빚을 많이 지어서 부지런
히 갚아도 모자랄 판인데 이 겨울을 맛보고 있으니 착한
일을 제아무리 많이 한들 죽어 혹한 지옥을 면하기는 글
러 먹었습니다

나는 지금 고요합니다

—

산은 중턱이라도 해가 짧습니다

공양주 할머니의 수다도 몇 토막씩 줄었습니다

바람이라도 언뜻 불면

구름 한 장 산마루를 넘어와

검은 머리를 풀었습니다

가고 없는 청춘처럼 방문이 닫히고

빛깔 고운 눈만 저희끼리 쌓였습니다

산사는 하얀 침묵입니다

그 고요 때문에 나도 고요해집니다

내가 더 많은 것들을 사랑하게 하소서

—

통도사 앞마당 뒤뜰에
매화가 이판사판으로 피었습니다
홍매 백매에 구경난 사람들
재작년쯤에 옮겨 심은 나무에도
한겨울 지내고 꽃샘 잘 넘겼다고
꽃바람 불었습니다

옮겨 심거나 가지를 자르건 말건
네 자유지만
꽃피우는 일이야 내 자유
마음에 드는 일까지 간섭은 못하지만
나무 매화보살
내가 더 많은 것들을 사랑하게 하소서
우리 전생이나 내일의 일들까지 오늘처럼

용서하고 사랑할 수 있게 하소서

바람이 치고 갔거나
참새가 앉았다 간 자리마다
네 일 내 일 할 것 없이 꽃판
노스님 계시는 조치원 경원사까지는
북으로 어림잡아 천 리 길
때맞춰 꽃 소식 들고 가려면
지금 가야지
다음 생까지 기다릴 자유가 내겐 없습니다

부음을 들었습니다

—

매미가 기막히게 잘 우는 소리와
운동장엔 땡볕만 가득한 오후였다
누군가 일생의 노래를 마쳤다
그런 초청장이 잦아
나이가 들수록 부쩍 친해졌지만
죽음은 늘 확고하게 걸려 있어
나는 어리고 답답한 마음이었다
녹음이 깊어 그 속내를 몰랐다
새털구름만 붉어지는 날씨였다

겨울을 준비합니다

—

며칠 안개만 끼더니 한밤을 참지 못하고 비 옵니다 눈이 내린다 해도 이상한 날씨는 아닙니다 더 추워지고 붉다가 나뭇잎은 흩날리겠죠 포기나 버림도 구실을 들어 겨우 치릅니다 사랑이 가는 일도 마지못합니다 겨울만 눈앞입니다 안개가 씻긴 자리에 약속처럼 내일이 드러난다면 아침 인사는 어떻게 드려야 할지 밤새도록 걱정만 팔자입니다

입동

—

범종 소리 서른도 못 채우고
초승달이 묏등을 넘어갔습니다

한번 찡긋한 눈짓에도
동자승은 예불도 못 올리고
제 탓인 양 뒤탈이 잦았습니다

벌어 놓은 건 시간뿐인데
달 넘은 등을 좇아 바람이 급해
풍경 소리 덩달아 뛰고
밤새 나무들이 파도를 탔습니다

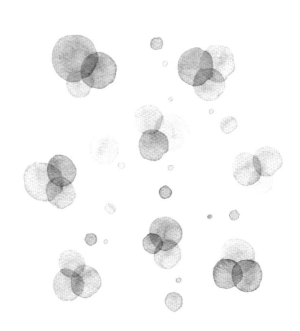

공즉시색空卽是色

—

눈이 오시니 눈의 일만 즐겁습니다 부처도 조사도 눈
밖에 났습니다 산사에 손님이 올 일도 없어 막걸리 한
사발 앞에 놓고 해탈도 열반도 눈 밖에 났습니다 허공에
눈만 가득합니다

우수 雨水

—

한평생을 두고
눈물로 사라진 사람이 있었다

누구였던가 나를
이렇게 뭉쳐 놓고 떠나간 이

입양된 아이처럼 섰다가
녹아내린 눈사람의 자리에

풍경 소리 빗소리 싹싹한
봄바람 소리

신경질

—

앞산에서 옆산으로 고압선이 지나가는데
송전탑은 산보다 더 높다
울진 원자력발전소에서
내륙으로 가는 전기의 길
바람이 불면 삐걱거리며
고압선이 신경질을 낸다

그 아래서 나는 전등 하나 밝힐
전기도 없이 산다
그래서 전기세 걱정도 덜었는데
너 같은 놈 꼴도 보기 싫다는 듯
밤이면 더 시끄럽게 신경질이다
야료를 부린다

지출 내역서

—

차를 덖고 등산과 산나물 뜯어 오는 일을 개시하다 보
니 연장 몇 개가 아쉬웠다 먼 소재지에 나가 큰맘 먹고
생활용품 싸게 파는 집에 가서 가위, 차를 거를 체, 랜턴,
미니 쓰레받기와 비 등속을 사고 곁들여 할멈김밥집에
서 김밥 두 줄을 사니 모두 이만 사천 원이 들었다 모기
퇴치 훈증기와 가볍고 편한 실내화 – 고무신은 땀이 너
무 찬다고 불평을 했더니 – 벌레 물린 데 바르는 약은 종
무소에서 대 주었다 갑자기 살림이 늘었다 용수철이 망
가진 전지가위는 그냥 쓰기로 했다

농담

—

요즘 세상에서 돈이 필요 없는 사람이 어디 있겠습니까만 돈 없는 줄 어찌 알고 수시로 휴대폰 연락이 옵니다 낯선 번호를 받으면 영락없이 돈 빌려 쓰라는 전화이니 돈이 참 많이 남아도나 봅니다 누군가 남으면 누군가 모자라겠지요 한번은 거절할 예의를 차린답시고 "난 가진 게 돈밖에 없어요" 하니까 한숨 섞인 대답이 들려옵니다 "부럽네요"

미안합니다 산에 사는 사람이 집도 절도 없고 땅도 처자식도 없이 그저 몇 벌 옷에 이리저리 옮겨 다닐 여비밖에 없는데 설마 그게 부러운 건 아니겠지요 하지만 그게 전부니 마지막에 있는 한마디 말을 못해 다시는 그런 농담도 못합니다

이 세상은 거짓말 같은 것입니다

—

　시외버스 터미널에서 엄마를 따라가며 우는 손자에게 할머니는 "까까 사올게" 하며 얼른 자리를 떴습니다 울던 아기가 웃고 엄마가 따라 웃었습니다 이 세상은 이별의 슬픔도 아쉬움도 괴로움도 거짓말처럼 즐거운 여행이었습니다

후회

—

　풍산이가 너구리를 잡으려는 것을 말려서 데려왔더니 절 아래 사는 팔십 할아버지는 그걸 잡으면 노인정에서 노인네들끼리 잘 볶아 먹을 텐데 왜 못 잡게 하느냐고 역정을 냈다 후회가 되었다 내가 죽어 많은 이들이 즐거울 수 있다면 그 죽음이 즐거워 다시 돌아오지 않는다면, 그때를 알지 못해 나는 자꾸 눈물이 났다

속아서 즐거울 때도 있습니다

—

무덤도 없이 가 버린 당신을 생각하니
도를 닦는다는 말도
배불러 죽겠다는 핑계처럼 들립니다
요즘은 시간 따라가는 일로
살림살이를 벌인다 했더니
그 모양이 힘든 줄 잘못 알고
맘씨 고운 어떤 이는
가다 보면 좋은 일도 있을 거라 합니다
안 그래도 더딘 길에 목련이 피었습니다
벌써 지는 꽃도 있습니다
가서는 돌아오지 않는 길이라서
당신도 꽃도 그리고 나도 속기는 마찬가지지만
때로 속아서 즐거울 때도 있습니다

4장

습관처럼
그대를 사랑합니다

사랑도 습관입니다

—

　우연이라도 어디 쉬운 일이 있겠습니까 만나고 싶어도 볼 수 없거나 본다 한들 잡을 수 없으니 말문이 막힙니다 어둠은 캄캄하게 빛나서 혹 오해가 생기더라도 업이라 하겠지요 사랑도 못 말리는 습관이라 목숨을 내놓지 않고서야 어떻게 내 존재를 밝힐 수 있겠습니까 그대 보기에 말끝에 가는 내 신호는 어떻게 반짝이나요 세상살이 조금씩은 또 많이 고단하고 아프지만 날아가는 일이나 풀숲에 숨은 길이나 추억도 꿈도 아니니 이 번뇌도 영롱하지요

가진 것이 없어 행복합니다

—

봄에 꾸었던 환곡미는 갚을 날이 아득합니다 볕 좋고
바람 소슬하여 거두어야 할 것들을 둘러보아도 도무지
없습니다 씨를 뿌린 자취가 없어 갈걷이는 남의 일이라
그저 날품이나 팔아 볼 요량이지만 모두들 일손이 아니
라고 저어합니다 고이 기르던 씨암탉은 지난 복날 이슬
같은 여자가 몸보신했다기에 노래처럼 잘했다고 두둔했
습니다 이만큼 살게 해 주셔서 고맙다는 말씀 일수 삼아
드리지요 이삭이라도 줍다가 흰 눈이 덮이면 팔자소관
이야 다 드러날 일이니 그러게 내 사랑이라고 장단이나
맞춰 주시면 또 한 시절이 가겠습니다 그려

자유

—

　지난밤 꿈속으로 풍산이가 걸어 들어왔습니다 흰 털이 온통 때에 절어 있어 따뜻한 물로 목욕시켜 주었습니다 서로 깨끗해졌습니다 풍산이는 날 적부터 나와 함께 있었습니다 어미와 떨어지고 나서는 데리고 다니며 키웠습니다 새벽 도량석도 같이 돌았습니다 풍산이는 자랐고 나는 늙었습니다 지난겨울 풍산이를 두고 나는 절을 나왔습니다 며칠을 앓다가 풍산이가 사라졌다는 이야기를 들었습니다 아무리 불러도 대답하지 않았습니다 꽃이 피어도 풍산이는 나타나지 않았습니다 다만 내 꿈속에서 목탁 소리를 내며 짖고 있으니 해서 안 되는 일이 없고 알아듣지 못하는 말이 없습니다 이제 풍산이는 자유입니다 가끔 나도 풍산이의 꿈속으로 들어가 같이 놉니다 나도 자유입니다

유감

—

　개를 부러워한 적이 있다 꼬리 때문이다 주인이 부르
거나 먹이를 보면 꼬리를 먼저 친다 꼬리는 좋은 것을
보고 좋다고 말을 한다 사람에게도 꼬리가 있다면 돈 앞
에서 예쁜 처녀 앞에서 술이나 권력 앞에서 또는 부모님
이나 아이들 앞에서 다른 사람 이목이든 체면이든 염치
불구, 인류가 진화를 거듭해서 꼬리가 퇴화되었다는 학
설은 아무래도 낭설이다 가장 좋은 표현의 도구를 하나
잃었을 뿐이다 거짓말이나 왕따, 사기 같은 말들은 아예
없거나 세상 살아가는 방편이라고 말도 못 붙인다 봄이
되면서 나는 요즘 엉덩이가 가렵다 꽃을 보고 다람쥐와
새들을 보고 그대를 볼 때마다 가려워서 어쩔 줄을 모른
다 새벽에 일어나 긁고 잠을 자면서도 꼬리뼈를 긁는다

봄비

—

우수 지났다고

작년 나뭇잎인들 물오르겠느냐

때 되면 뻔히 알 일을 두고

보채지 말아라

모르겠다고 그렇게 일러도

알려 달라니 하는 말이다

눈 녹자마자 젖는다

병 낫자마다 번뇌다

싹 틔울까 말까

처마 밑에서 울다가 웃는다

눈 뜨자마자 망상이고

날 개자마다 황사다

헤어지자마자 그리워하고

만나자마자 싸운다

추위 풀리자마자 꽃샘이고

꽃피울까 말까

망설이다 밤낮으로

귀신 씻나락 까먹는다

말려 봤자 소용없으니

비 오는 일 말고

딴것 없다

갈대

—

그 푸르렀던 기운이
지상으로 내려왔던 때는
여섯 달 전쯤이었다
오늘은 그 푸른 기억이
하늘로 올라간 것을 보았다

나는 얼마나 행복한가
머리가 희어진 것이
지독하게 자랑스러운가
그대여
이 행복한 날을 용서하소서
그대의 흉내를 보며 바라본
가을 하늘에 맺힌
빛나는 구름 한 점을

암자

—

비 오는 간밤에 나무는
치마까지 벗었습니다
앙상합니다
치맛자락 올올이 풀어져
땅 덮습니다
빛깔까지 곱습니다
겨울 날 채비
마쳤습니다

빨랫줄엔 임자 없는
승복만 다 젖었습니다
걷을 일 없습니다

그리움도 습관입니다

—

그대가 뭉쳐 놓은 눈사람은 겨우내 제 그림자만 바라보았습니다 경원사 마당에서 한철을 하염없이 등부터 헐었습니다 풍경 소리와 바람이 머물다 가더니 별빛도 무더기로 와서 박혔는지 반짝이며 녹았습니다 그대의 품이 그리웠다고 내색은 하지 않았지만 그림자마저 사라진 어느 한때 비가 내리고 봄이 완성되었습니다 거기에 핀 꽃을 보며 그대는 내가 텅 비었다고 문득 떠올리겠지만 그리움만 가득 찬 도리를 보여 줄 길이 없습니다

바람

—

방 안에 도는 찬바람을
외풍이라 하는지 우풍이라 하는지
헷갈릴 때가 있다

어쨌든
내가 자는 방은
바닥은 뜨겁고 천장은 시리다
말을 할 때마다 입김이 서려
속의 것들이 보인다

외풍이 됐든 우풍이 됐든
내 방은 바깥과 잘 통한다
천장과 지붕 사이로
계곡 바람이 불어와 산으로 간다

수시로 홀아비 신세에

바람기가 난다

차

—

　지리산으로 차를 배우러 갔더니 집주인은 차만 알아
도 쌀 바꿀 돈은 걱정 없다고 차만 잔뜩 싸 주었습니다
절에 와서 그 차를 돌리니 사람들은 내가 만들어 온 줄
압니다 하긴 이른 봄부터 차를 덖겠다고 부산을 떨어 댔
지만 대접한 일이 없으니 그럴 법도 합니다 처녀가 애를
낳아도 유분수라더니 실습도 하지 않고 다인의 경지에
불쑥 올랐습니다 차마 내가 만든 차를 건네지도 못하고
차 이야기만 나와도 어린순들을 태운 것보다 더 속 타는
신세를 어찌 말로 다할 수 있겠습니까

동대문

—

순댓국 집 할머니는
사람이 무슨 실수를 하겠느냐며
술이 저질렀다고
할아버지를 조금씩 두둔했다

동대문 시장에서 뒤가 급해
들어선 길이었다
할머니는 똥 때문에
위치를 잃어버렸다고
강아지가 짖는 것도
반가워서 그런 거라고
조금씩 나를 두둔했다

그럼요 법문이 따로 없지요

목구멍도 법문이고

열리거나 닫히거나 다 그 문이지요

우리가 사는 것도 그 때문이지요

눈사람을 사랑했습니다

—

언젠가 녹아 사라질 눈사람을 사랑했습니다 미워하다 가 그리워했습니다 그러다가 심술이 나서 새로 만든 눈 사람과 시비가 붙습니다 그 눈길이 뜨거워 내 몸에 내린 눈이 녹고 발자국이 녹고 가없는 하늘이 무너집니다 나 무만 졌다는 듯이 손을 바짝 들고 눈을 맞습니다 새들도 비껴가고 바람도 숨습니다 그 길을 찾으려고 나는 점점 그대와 멀어집니다 멀어지다가 맴도는 길이 그립습니다 멀어져도 벗어나지 못합니다 마음이라지만 몸을 움직여 야 하는 심술궂은 장난 끝에 눈은 다시 쌓입니다 이 번 뇌의 즐거움 때문에 나는 그대에게 밉습니다

바보

—

김장날을 잡아도 하필이면 진눈깨비에 비바람 섞여
몰아치는 날입니다 목도리라도 단단하게 여미고 외출하
세요 이런 날 감기 걸리면 바보라는 소리 듣습니다

김장을 담아 놓고 올겨울은 걱정 없다고 큰소리치거
나 김장맛은 우리집이 최고라고 푼수를 떨거나 낙엽이
쌓인 산길을 걸으며 그대의 고운 얼굴을 떠올리거나 외
롭다고 이런 날에 사랑에 빠지면 정말 바보라는 소리 듣
습니다

견성을 배웁니다

—

사람 나이로 치자면 환갑 줄은 지났을 개인데

방울만한 새끼 한 마리 매달고 암자로 왔습니다

철이 바뀌어도 털갈이도 못하고

수염에 묻은 국물도 핥아 내지 못했습니다

과자를 들고 가도 짖기만 해서

정 주지 않으리라고

모르는 듯 사라질 때를 생각했는데

제 새끼 안아 주는 손맛이 닿았는지

늙은 힘껏 바지에 올라탔습니다

무어든 지키고 지켜 주자고

저 먼저 꼬리까지 정을 주며

하얀 털 하나씩을 내 몸에 붙여 주었습니다

고향

—

점심이 되어
매미 한 마리가
아파트 두 동 사이를
소리로 가득 채웠다 비웠다

벚나무 가지에서
어떤 놈은 입적入寂
짧고 덧없음까지 별수 없이
투명한 저 빈, 울었던 속내

우는 일이나 죽는 일도
지금 하지 않으면 영원히
할 수 없다는 듯이
멀리 산 너머 번개 일지만

고향 집에선 늙은 아버지

하반신 불수, 별수 없는 껍질로

자꾸 꿈에 들락거리셨다

간밤에도 왔다 가셨다

옛날 옛적에라는 주막에 앉아

막걸리도 점심도 혼자 다 해결하지만

소나기 내린다

현재로 돌아갈 길이 아득해졌다

만 번의 어리석음이 빚어낸 그리움

장영철 드라마 작가

아득한 사랑에게서 바람이 불어왔고

과거는 끝나지 않았습니다

피는 꽃처럼 불쑥 찾아왔습니다

쓸쓸한 세월 속에서 왔지만

마음에 있는 일이라서

향기로운 슬픔도 모양만 있을 뿐

소식 전하지 못했습니다

지나간 일은 일도 아니었습니다

아니었지만

그 길에서 오래도록 앓았습니다

_〈백일홍이 질 때까지 앓았습니다〉 전문

만우萬愚라는 법명을 얻기 전, 그러니까 정확히 그를 처음 만났던 20대 중반에 그는 법명보다는 훨씬 세련되고 민첩한 '김민형'이란 이름으로 대학가를 누볐던 꽤 유명한 시쟁이었다.

동갑이었지만 특유의 역마살로 뒤늦게 같은 과 후배로 들어온 그를 나는 또렷이 기억한다. 한여름 열기와 누룩 냄새가 뒤섞여 진동하는 좁은 막걸리 집에서 우리는 누가 먼저랄 것도 없이 친구가 됐다.

그 시절, 시를 쓰던 나에게 그의 시는 일종의 경외감으로 다가왔다. 〈무소〉라는 시 동인 활동을 하면서 우리는 술집과 동아리방을 전전하며 문학과 인생, 시대에 대해 떠들며 밤새 낄낄거렸다. 미래가 암울했던 그즈음, 그와 나에게 시는 유일한 즐거움이자 해방구였으며 신앙이었다.

1994년 경향신문 신춘문예에 〈강에서〉라는 시가 당선되면서 그는 본격적인 시인의 길로 들어섰다. 나 역시 이듬해인 1995년 서울신문 신춘문예에 〈전망 좋은 방〉이 당선되어 그와 나란히 시인의 길 위에 서게 되었다. 지금 생각하면 행복한 시절이었다. 시상식에 몰려다니며 으쓱했고, 문학에 도취되어 마음껏 술을 마시고 떠들어 대도 뭐라는 사람이 없었다.

우리는 공동 시집을 내기로 했다. 시들을 골라서 출판사에 보냈고, 만나자는 연락이 왔다. 나름 꽤 권위 있는 출판사였는데, 돌아오는 답변은 실망스러웠다. 시가 좋다, 나쁘다가 아니었다. 돈을 달라는 것이었다. 문학도 '빽'과 '라인'이 있어야 하기에 문단에 자주 얼굴을 내보이고 심부름도 해야 한다는 말도 덧붙였다.

우리는 시들을 다시 싸 들고 그 출판사를 나섰다. 순수 문학이 순수하지 않다고 생각했다. 만취한 채 좁은 여관방에서 마감한 그날 하루는 참으로 길고 쓸쓸하게 우리의 기억 속에 각인됐다.

그 후, 나는 드라마 작가가 됐다. 그는 창작 희곡을 써서 작은 소극장 무대에 연극을 올렸다. 불교를 소재로 한

오페라 대본을 맡아서 〈직지〉라는 이름으로 세종문화회관에서 공연을 하기도 했다.

그러면서도 그는 시 쓰기를 게을리하지 않았다. 어느 해부터는 모든 것을 내려놓고 오직 육체적 노동과 시 쓰기에만 열중했다. 그렇게 몇 해가 지나갔고, 서로 다른 삶의 길에서 그는 간간이 소식을 전하듯 나에게 시를 보내왔다.

고백하건대, 그 무렵 그의 시편들은 내게 큰 위안과 자극을 주었다. 드라마라는 대중 장르를 집필하면서 쌓인 피로와 욕망을 그의 시가 치유하고 위로해 주었다. 그의 시는 나에게 큰 축복이었다.

그러던 어느 날, 그가 시 몇 편을 건네고 홀연히 사라졌다. 그의 시편에는 절정의 외로움들이 녹아 있었다. KBS에서 방영했던 대하 사극 〈대조영〉이란 드라마 집필이 거의 끝나 갈 무렵, 그가 다시 나타났다. 파르라니 삭발을 했고, 눈매는 더욱 맑고 깊어 보였다. 꼬챙이처럼 마른 그의 몸에 장삼이 입혀져 있었다.

그는 그렇게 김민형을 떠나보내고 만우스님으로 돌아왔다.

그대가 앓던 병을

내가 앓고 있습니다

그 병 때문에

눈 오시는 밤이 벅찹니다

가슴이 메어

천 길 낭떠러지를 날아갑니다

사랑도 서러운 날입니다

〈그대가 앓던 그리움 나도 앓고 있습니다〉 전문

그는 유난히 아파했다. 8,90년대의 혼탁한 시대에 억눌린 사람들의 고통을 아파했고, 가도 가도 끝이 보이지 않는 문학의 심연을 아파했으며, 인생 본질의 무게에 아파했다.

한바탕 신열을 앓고 난 후엔 어김없이 시를 쏟아 냈다. 시는 그에게 천형 같은 것일지도 몰랐다. 지독한 외

로움과 통증을 이겨 내야 비로소 영롱해지는 사리 같은
것이었다.

　이런 일이 있었다. 그는 어느 절에서 아이들에게 불경
을 가르쳤다. 아이들의 불교 행사를 준비하던 중에 천정
에 매달아 놓은 조명 기구가 떨어져 그의 머리에 맞았다.
큰 사고로 이어질 뻔했는데, 그는 아픔도 잊은 채, 떨어
진 곳이 자신이 머리라서 다행이라며 웃었다. 그의 머리
위엔 사람 주먹만한 혹이 솟아 있었다.
　효림스님은 그에게 만우라는 법명을 지어 주셨다. 만
우라니! 그의 성정을 잘 알고 있는 나는 그 절묘한 법명
에 탄복했다. 그의 주변엔 유난히 외롭고 아프고 가난한
사람들이 많았다. 그들이 앓고 있는 병을 그는 기꺼이 가
져다가 앓았다. 그 만 번의 어리석음으로 그는 세속 사람
들의 슬픔과 아픔을 안고 천 길 낭떠러지를 날았으리라.

　134부작이었던 대하드라마 〈대조영〉을 끝내고, 나는
몸과 마음이 만신창이가 되어 있었다. 도무지 회복될 기
미가 보이지 않았다. 그때 다시 꺼내 읽은 그의 시들은

고갈된 나의 정신에 죽비 같은 각성을 주었다. 그는 만 번의 어리석음이 빚어낸 그리움으로 고통의 사리와도 같은 아름다운 시들을 쏟아 냈다.

그 후 나는 SBS에서 드라마 〈자이언트〉를 집필했다. 고통스러웠지만 끝까지 정진했다. 만 번의 어리석음이 빚어낸 그의 시가 집필 내내 곁을 떠나지 않았다. 아마도 그 진정성을 잃고 싶지 않았던 것 같다.

통도사 앞마당 뒤뜰에

매화가 이판사판으로 피었습니다

홍매 백매에 구경난 사람들

재작년쯤에 옮겨 심은 나무에도

한겨울 지내고 꽃샘 잘 넘겼다고

꽃바람 불었습니다

옮겨 심거나 가지를 자르건 말건

네 자유지만

꽃피우는 일이야 내 자유

마음에 드는 일까지 간섭은 못하지만

나무 매화보살

내가 더 많은 것들을 사랑하게 하소서

우리 전생이나 내일의 일들까지 오늘처럼

용서하고 사랑할 수 있게 하소서

_〈내가 더 많은 것들을 사랑하게 하소서〉 중에서

겨울 초입쯤이었던가, 나와 함께 드라마 〈자이언트〉와 〈샐러리맨 초한지〉를 만든 유인식 감독과 출판사 대표인 권대웅 시인과 함께 그를 만났다. 그는 산속으로 들어가겠다고 했다. 불영산 계곡에서도 몇 시간을 들어가야 하는, 인적도 없고 전기조차 없는 첩첩산중에서 오두막 생활을 하겠다고 했다.

수십 년 만에 가장 추웠던 겨울이었다. 우리는 이구동성으로 만류했지만 그의 고집을 꺾을 수는 없었다. 어쩌면 마치 예정된 수순, 운명 같은 행보일지도 몰랐다. 그는 아파서 수행했고 그리워서 시를 썼으며 마침내 만물을 사랑하기 위해서 모든 것을, 심지어 마음조차 가장 낮은 곳에 내려 두고 훌훌 세속을 떠났다. 하필이면 내가 SBS에서 돈과 욕망을 소재로 한 드라마 〈돈의 화신〉을 준비하고 있을 때였다. 도시가 영하의 날씨로 꽁꽁 얼어붙은 내내 그는 산속에 있었다. 내가 이 글을 쓰고 있는 지금도 그는 아무도 없는 숲 속에서 봄의 생명이 약동하는 나무 매화보살을 보듬고 있으리라.

석가모니는 29세 때 생로병사의 고뇌를 해결하기 위해 출가하여 35세에 부다가야Budda-gayā의 보리수菩提樹 아래에서 깨달음을 얻어 부처가 되었다. 나는 그가 깨달음을 얻고 부처가 되리라 생각하지 않는다. 그는 그곳에서 낮에는 몸으로 경작을 하고, 밤에는 정신으로 수행을 하며 더 많은 것들을 사랑하기 위한 정진을 해 나가고 있을 것이다.

그가 돌아올 날이 언제일지, 어쩌면 영영 그곳에 머물지도 모르겠지만 세상 사람들이 아픔과 시련, 슬픔과 외로움들을 이겨 낼 방법을 터득하리라 나는 굳게 믿는다.

이 글을 쓰는 지금, 나는 도시 한복판의 작업실에서 SBS 드라마 〈돈의 화신〉 대본을 집필 중이다. 돈에 얽힌

인간의 폭주하는 욕망에 관한 드라마를 쓰면서 나는 아이러니하게도 만우스님이 되어 돌아온 그의 시들로부터 위안을 받는다. 그는 늘 그런 존재였고 그의 시는 항상 그렇게 우리들을 위로했다.

집필이 끝나면 그를 만나러 몇몇 지인들과 함께 불영산에 가기로 했다. 문득 그가 미치도록 그립다. 그를 꼭 닮은 시 한 편을 보며 그리움을 대신해 본다.

무덤도 없이 가 버린 당신을 생각하니

도를 닦는 말도

배불러 죽겠다는 핑계처럼 들립니다

요즘은 시간 따라가는 일로

살림살이를 벌인다 했더니

그 모양이 힘든 줄 잘못 알고

맘씨 고운 어떤 이는

가다 보면 좋은 일도 있을 거라 합니다

안 그래도 더딘 길에 목련이 피었습니다

벌써 지는 꽃도 있습니다

가서는 돌아오지 않을 길이라서

당신도 꽃도 그리고 나도 속기는 마찬가지지만

때로 속아서 즐거울 때도 있습니다

_〈속아서 즐거울 때도 있습니다〉 전문

그대가 앓던 그리움
내가 앓고 있습니다

지은이 만우

1판 1쇄 인쇄 2013년 5월 3일
1판 1쇄 발행 2013년 5월 9일

대표 권대웅
편집 박희영 황은주
디자인 여만엽
마케팅 노근수 오선희

발행인 신혜경
발행처 마음의숲
출판등록 2006년 8월 1일(105 - 91 - 03955)
주소 서울시 마포구 상수동 145 - 1번지 영빈빌딩 6층
마케팅 (02) 322-3164 | 편집 (02) 322-3165
마음의숲 페이스북 http://facebook.com/mindbook
값 10,800원 ISBN 978 - 89 - 92783 - 72 - 9 (03810)

마음의숲에서 단행본 원고를 기다립니다.
따뜻하고 생동감 넘치는 여러분의 글을 maumsup@naver.com으로 보내 주세요.